Femme recherchée

Dave Kerlson

This is a work of fiction. Similarities to real people, places, or events are entirely coincidental.

FEMME RECHERCHÉE

First edition. June 29, 2024.

Copyright © 2024 Dave Kerlson.

ISBN: 979-8227792501

Written by Dave Kerlson.

Also by Dave Kerlson

Compagnon oublie

Protégé

Te Laisser partie

Chaleur Interdite

Le chaton du viking

Ombres et désir

Le Joker De la Riene

Ne Touchez pas

3 Patrons Robustes et une fille Désemparée

À Court de Loyer

Tentation Dépravée

Beau Cœur

Le Diable

Attendre pour toujours

Au lit Avec l'ennemi

L'interview

La prochaine fois que je tomberai

Sa Reine

Faire semblant d'aimer

Femme recherchée

Un flic sexy avec un joli bébé cherche une femme...

Shane

C'est l'objet du mail que j'envoie à l'agence Wife for Hire. Après tout, je suis désespérée.

Presque deux ans se sont écoulés depuis que j'ai rompu avec ma dernière petite amie. Je ne savais pas que la dernière fois que nous étions ensemble, un petit miracle s'était produit.

Au cours de mes trente-cinq ans, je n'ai jamais pensé à être père, je me suis relégué au fait de ne pas avoir d'enfants, mais tout a changé lorsque mon ex-petite amie a laissé ma fille devant ma porte.

Avant de m'en rendre compte, j'envoie un e-mail à l'agence, je me retrouve jumelé avec une femme de douze ans ma cadette et j'essaie désespérément de ne pas donner suite à l'attirance entre nous. Mais nous portons tous les deux des bagues et elle a changé de nom de famille.

Va-t-on finir par céder, ou ce mariage ne restera-t-il que le nom ?

CHAPITRE 1

Shane

« Fils de pute », je marmonne en jetant un œil à l'horloge au-dessus de la cuisinière.

Je suis en retard, le dernier que j'ai cette semaine. Je n'arrive pas à me ressaisir, même quand je devrais avoir assez de temps. « Allez Rach », je dis doucement à ma fille. Aucune idée de pourquoi je fais ça, elle ne peut pas encore marcher. « Je dois juste faire tes bagages et te déposer chez grand-mère. Papa va encore être en retard, et le chef va lui faire la peau. »

Devrais-je jurer contre ma fille de dix mois ? Probablement pas, mais c'est pratiquement la seule personne à qui je parle ces jours-ci. Je prends son sac et mon déjeuner et je me dépêche de sortir, épuisé comme je le suis toujours. Je me dépêche, je la fais s'asseoir dans son siège auto et me glisse sur le siège conducteur. Je soupire lourdement en démarrant le SUV et j'attends quelques minutes. Ce sera le seul moment que j'aurai jusqu'à ce que je termine mon travail plus tard ce soir.

En sortant de l'allée, je tourne à gauche pour sortir de mon lotissement. Il y a trois mois, avant que Rachel n'entre dans ma vie, je n'aurais pas prêté beaucoup d'attention à la route, mais maintenant je regarde toutes les autres voitures, camions et SUV autour de nous.

Quinze minutes plus tard, je m'arrête devant la maison de mes parents et je saute pour sortir ma fille de la banquette arrière. Ma mère vient à ma rencontre dans l'allée. "Salut Rachel", elle tend la main vers sa petite-fille.

Rachel donne des coups de pied en voyant ma mère, un grand sourire sur le visage. "Merci de la surveiller."

"Tu me dis merci chaque soir où je la surveille. C'est ma petite-fille, tu es mon fils."

Elle le dit comme si cela expliquait tout, mais je sais que je l'ai mise dans une situation difficile, mon père aussi. Aucun d'eux n'a demandé grand-chose quand il s'agit de Rachel, mais je sais que ce jour viendra. "Je t'aime et je t'apprécie."

« Je sais que tu le sais. Tu te souviens qu'on part en vacances, n'est-ce pas ? »

Ce sont leurs vacances annuelles de trois mois, et j'essaie de trouver ce que je vais faire pendant leur absence. Comme ils sont à la retraite, ils passent l'automne à voyager dans les régions du pays qu'ils ont toujours voulu visiter. « Je sais, je travaille pour voir ce que je peux trouver. Tu pars dans une semaine, n'est-ce pas ? »

« Ouais. » Elle hésite. « On peut reporter ça de quelques semaines si tu en as besoin, Shane. »

« Non, non. Rachel est ma responsabilité. »

Elle penche la tête sur le côté. « Elle l'est, mais tu dois te montrer indulgente, tu ne savais pas pour elle. »

Tout cela est vrai, mais ça ne change pas le fait que je suis son père. « Je le suis, comme je l'ai dit, j'y travaille. J'espère avoir une solution bientôt, pour que tu ne sois pas en train de la surveiller toutes les nuits, aussi. Je sais que ça perturbe ton sommeil.

« Shane, tu ne le savais pas. » Sa voix est douce, comme celle d'une mère qui essaie de consoler son enfant.

« Mais n'est-ce pas le pire ? » Je m'interroge en regardant ma fille. « Je ne le savais pas, putain. Je suis fière de prendre mes responsabilités. »

Elle tend la main et pose sa main ridée sur mon avant-bras. « Tu devrais être fier. Tu as fait tout ce que tu voulais faire dans ta vie. Tu as servi cette ville avec fierté et tu as gardé tout le monde en sécurité. Ce n'est pas parce que tu as fait quelque chose que tu considères comme une erreur que ça en est une. Rachel est une joie et nous aimons la regarder. Elle a aussi beaucoup apporté à ta vie. »

« Je sais. » J'avale difficilement, tendant la main pour ébouriffer ses cheveux soyeux. « Je te vois demain après-midi ? » Je viendrai la chercher après avoir eu le temps de dormir de mon service de nuit.

« Nous serons là. Je t'aime, Shane. - Je
vous aime tous aussi.

Je retourne en courant à mon SUV et, en me dirigeant vers le travail, je laisse mon esprit libre de Rachel et de mes problèmes concernant sa création et sa naissance. Pour pouvoir rentrer à la maison auprès d'elle chaque soir, je dois oublier tous les sentiments contradictoires et la colère parce qu'on ne m'a pas parlé de Rachel. Si je ne le fais pas, cela me ronge pendant les longues heures de nuit pendant lesquelles je suis de service.

Lorsque je m'arrête devant la gare, je mets le moteur en position de stationnement et je saute du siège conducteur. Alors que je marche vers la gare, mon partenaire, Alex, se gare sur le parking, pratiquement sur deux roues. Si je suis en retard cette semaine, il se pourrait bien qu'on ne soit même pas là. Il saute et court pour me rattraper. - J'apprécie que tu ne sois plus aussi parfait qu'avant. Au moins maintenant que je suis en retard, toi aussi. »

Je lève les yeux au ciel, détestant en silence le fait qu'il ait raison. « La différence entre nous, c'est que je finirai par m'en sortir, et toi non. »

Il sourit. « Comment vas-tu t'en sortir ? Tu as du mal depuis que Shayna a laissé Rachel sur le pas de ta porte. »

Il n'a pas tort. Moi, j'en ai eu, mais avec mes parents qui partent dans quelques semaines, il est temps pour moi de prendre une décision. C'est une décision sur laquelle j'hésite depuis bien trop longtemps. « Tu as entendu parler de l'agence Wife for Hire ? » je demande alors que nous nous dirigeons vers le commissariat.

« Je vois ces annonces de temps en temps sur les réseaux sociaux, mais j'ai toujours pensé que c'était une arnaque. Je n'ai jamais cliqué dessus. -

Eh bien, si, et j'ai rempli un questionnaire. J'avoue, en essayant de ne pas le dire trop fort pour que personne d'autre ne puisse entendre. Comme nous approchons du changement d'équipe, il y a beaucoup de monde autour.

Il lève les sourcils en me regardant. - Tu es allée jusqu'à faire ça ?

Ouais, je suis désespérée. » Je ne pense pas qu'il comprenne la situation dans laquelle je me trouve. « Je déteste l'admettre, mais je ne peux pas continuer à compter sur maman et papa pour surveiller Rachel. »

« Et Shayna ? Tu as eu des nouvelles d'elle ? » Il ouvre la porte du vestiaire, hoche la tête vers certains de nos collègues alors que nous nous dirigeons vers nos casiers.

« Non. » Je soupire, passant mes mains dans mes cheveux. « On lui a signifié les papiers de garde et elle a signé ses droits parentaux, mais je n'ai pas eu de nouvelles d'elle même à ce moment-là. Je vais être le seul parent de Rachel, ce qui signifie que je suis seul dans cette situation. Je ne peux pas compter sur mes parents plus longtemps, ils sont plus âgés et je suis enfant unique. Je dois faire quelque chose. »

« Il existe une nounou. » Sa réponse maligne me fait rire.

« Bien que tu aies raison à ce sujet, je m'inquiète. » Je fouille dans le casier et sors mon gilet pare-balles. « Et si je me prends une balle dans la tête ce soir ? Qui va s'occuper d'elle ? Ce ne sera pas Shayna, ce ne seront mes parents que pour un court instant, comparé à la vie de Rachel. C'est à ça que je pense. Ça m'empêche de dormir la nuit. »

« Merde, Shane. » Il siffle entre ses dents.

« Ouais, c'est plus que ce que tu penses. J'ai une responsabilité non seulement envers elle, mais aussi envers ma famille. Je ne peux pas les laisser tous se démener pour comprendre ce qui va se passer si je ne rentre pas à la maison. Ce n'est juste pour personne. »

Le silence entre nous deux s'étire comme un morceau de mastic, se brisant presque. « C'est profond mec. » Il souffle. « Toutes ces conneries auxquelles je n'avais même jamais pensé. »

« Ouais, moi non plus. Pas avant que cette situation ne me tombe littéralement à la figure. Je ne veux pas passer pour un martyr. Je ne le suis pas. Je ne comprends toujours pas grand-chose à ce que je fais, tout ce que je sais, c'est que je veux qu'elle sache qu'elle est aimée. »

« Tu t'inquiètes pour ça ? »

Il est plein de questions aujourd'hui. « Ouais, et si elle découvre que sa mère l'a déposée devant ma porte, comme une pensée après coup ? Elle ne m'a même jamais dit qu'elle était enceinte ou qu'elle avait un bébé. J'ai raté tellement de choses. Et si elle me demande ce que ça fait de sentir son coup de pied pour la première fois ? » Je n'en sais rien.

« Pour ce que ça vaut, je crois que tu réfléchis trop à tout ça. Ce qui va intéresser Rachel, c'est qu'elle ait un père génial et des gens qui l'aiment. Elle aura son oncle Alex, et je veux dire qu'elle est déjà gagnante dans ce domaine. »

Je me moque. « Laisse-moi tranquille. Allez, commençons ce service. »

Il hoche la tête. « Plus vite on commence, plus vite on peut rentrer à la maison. »

C'est vrai, et comme je sais que Rachel va attendre,

Mes voisins du dessus recommencent. Crier et crier, s'insulter d'horribles noms. Je sors mes écouteurs antibruit et m'assois devant mon ordinateur portable, essayant de me concentrer sur le travail de conception que je dois terminer avant huit heures du matin. En jetant un coup d'œil à l'horloge dans le coin supérieur droit de mon ordinateur portable, je gémis.

Chapitre 2

Je stresse.

Ma créativité a pris un énorme coup ces derniers mois.

Là où les choses étaient autrefois très faciles à réaliser, j'étais éveillé la nuit en pensant à tous les designs que je pouvais réaliser. J'ai du mal maintenant à penser à quoi que ce soit. Une demande de message vidéo arrive de Facebook Messenger. En général, je l'ignore pour terminer mon travail, mais c'est ma meilleure amie, Cammie.

Grâce à l'option Bluetooth de mes écouteurs, je me connecte. "Hé..."

"Ohhh, tu as les écouteurs. Est-ce que ça veut dire que tes voisins se disputent encore ?"

"Oui." Je soupire lourdement. "Je dois sortir d'ici, et j'étais en route jusqu'à ce que je dérape brutalement."

Elle chante des chansons. "Vous savez que l'agence Wife for Hire recherche des femmes. C'est toujours le cas."

"Ce n'est pas parce que tu as trouvé ton bonheur auprès d'un entremetteur que je vais le faire." Je lui rappelle en sursautant lorsqu'un grand bruit vient d'en haut.

"Ça doit être ennuyeux de vivre là où tu es, quand il y a une chance que tu puisses déménager. Tout ce que tu as à faire c'est de répondre au questionnaire, tu sais, voir s'il y a quelqu'un avec qui tu pourrais correspondre."

Elle m'énerve. "Tu sais que je ne fais pas confiance aux gens comme toi."

"Ce n'est pas une question de confiance, Court. Il s'agit de pouvoir vivre. Vous n'avez pas pu faire ça depuis quelques années maintenant, n'est-ce pas ?"

Je déteste qu'elle me connaisse si bien. "Je ne l'ai pas fait. Putain. D'accord, je vais le faire. De toute façon, rien ne me retient vraiment ici." J'avais emménagé dans cet appartement avec mon ex-petit-ami. Il était « celui » parmi une longue lignée d'hommes dont je pensais qu'il serait «

celui-là ». La faute à une mère qui était passée d'homme en homme, me disant d'appeler chacun d'eux papa, alors que je ne savais même pas qui était mon vrai.

Même pas ta mère ? » Elle hausse les sourcils.

« Je ne lui ai pas parlé depuis un an, Cammie. Je ne te l'ai pas dit parce que je sais ce que tu ressens pour les gens qui ne parlent pas à leurs parents. »

« Oh mon Dieu, Court. Tu as vraiment arrêté de me contacter ? »

J'en parlais depuis des années, mais après une situation qui s'est produite - en fait celle qui a déclenché toute cette période de sécheresse créative pour moi - je l'ai fait. « Ouais, et je suis en difficulté, de bout en bout. »

« Je suis vraiment désolée. Que puis-je faire ? »

C'est pour ça que je l'aime, même si elle n'est pas d'accord avec mes choix, les premiers mots qui sortent de sa bouche sont généralement de se demander ce qu'elle peut faire pour m'aider. « Rien, je dois juste prendre des décisions et je dois le faire bientôt. Je ne peux pas continuer dans ce purgatoire. »

« Alors, que vas-tu faire ? »

Je sais ce que je vais faire et je ne veux pas le faire. J'ai l'impression d'abandonner. J'ai abandonné toutes les idées brillantes que j'avais. Elles brillaient comme ces babioles brillantes qui attirent les corbeaux, mais maintenant tout est sombre et lourd, terni par la ternissure de trop de déceptions. « Je vais rencontrer Miss May et voir si je suis faite pour un homme qui pourrait m'accepter. Honnêtement, je n'ai pas d'autre choix pour le moment. Mon bail se termine dans un mois et demi. Je ne pourrai pas faire durer mes économies plus longtemps que ça, et pour l'instant, ma créativité n'est pas là. Je dois m'éloigner le plus possible de cette ville. Avec un peu de chance, je pourrais être plus proche de toi. »

Elle me lance un sourire triste. « Je l'espère. Tu m'as manqué dans ma vie à moins de trois jours de route. »

Quand Cammie a rencontré son heureux avenir, elle a déménagé dans deux États et je ne l'ai vue qu'une fois depuis son mariage. Elle a échangé la vie citadine contre le calme de la campagne, et après que les choses se soient passées pour moi, je dois admettre que je suis jalouse. « Je l'espère aussi. J'adorerais te serrer dans mes bras tout de suite. »

« Alors, quel est ton plan ? » demande-t-elle en remontant ses jambes sous son menton et en le posant sur son genou. « Tu as besoin d'un plan. Cela t'aidera à te sentir comme si tu étais aux commandes. »

J'ai envie de lever les yeux au ciel. Nous ne sommes jamais maîtres de notre destin et si quelqu'un doit le savoir, c'est bien elle. « Je vais organiser une réunion Zoom avec Miss May, puis je vais évaluer mes options. Je ne pense pas pouvoir rester ici. » Je regarde autour de moi dans l'appartement. J'ai vendu tout ce que je pouvais et il commence à paraître vide, ce qui alimente le désespoir et la dépression que je commence à ressentir. « Il y a trop de souvenirs, trop d'espoirs et de rêves perdus. J'ai besoin de quelque chose de nouveau. Le seul problème est que je n'ai pas d'argent pour recommencer à zéro à ce stade, alors je vais peut-être acheter une tente et un sac de couchage.

Je ne lui dis pas que j'aurais besoin de l'argent de l'essence pour ça. Les temps sont de plus en plus désespérés ici. "Je sais, et j'apprécie ça." Le désespoir commence à s'installer, et je sais que je ne lui demanderai jamais de m'aider. Je suis seule depuis plus longtemps que la plupart, et j'ai toujours réussi à m'en sortir d'une manière ou d'une autre.

"Je dois y aller. Jameson et moi allons dîner avec des amis. Si tu as besoin de moi, tu sais où me trouver. Si tu as besoin d'aide pour tes informations sur Miss May, fais-le moi savoir."

"Je le ferai, amuse-toi bien." J'affiche un sourire heureux que je ne ressens pas.

Lorsque nous raccrochons, je regarde autour de moi, ne désirant rien d'autre que pleurer. Mais pleurer ne m'a mené nulle part dans le passé. Au lieu de cela, je redresse les épaules et me dirige vers la salle de bain. Si je dois avoir un entretien avec Miss May, je vais avoir une apparence incroyable. Je dois avoir l'air capable de séduire un homme, contrairement au désastre absolu dans lequel je suis en ce moment.

Je me regarde dans le miroir de l'armoire à pharmacie et je gémis. Cela va me demander plus de travail que je ne le pensais. Je ne me suis pas fait coiffer depuis presque un an. Je n'ai pas eu l'envie, le temps ou l'argent. « Comment vais-je cacher ces racines ? » Je claque des doigts. « Je peux boucler mes cheveux et les mettre à mi-hauteur. »

Je me dirige vers mes outils de coiffure, je prends le fer à friser et le branche. J'ouvre la porte de mon armoire, je prends le shampoing sec et je le vaporise généreusement pour pouvoir avoir du volume. Je suis experte dans le bouclage de mes cheveux et j'ai fini en quinze minutes. Ensuite, je me maquille. Je suis déchirée entre si je veux faire des boucles ou non. Je ne veux pas paraître trop vieille, mais je ne veux pas non plus paraître aussi jeune que je le suis en réalité. Même si j'ai vingt-trois ans, j'ai l'air d'une adolescente et cela m'a mis dans des situations plus souvent que je ne veux en compter.

Quand j'ai fini, je prends un selfie et l'envoie à Cammie. "Est-ce que ça passe ? Tu penses qu'elle pourra me correspondre ?"

J'attends ce qui me semble être un an pour que le message arrive. "Tu es sexy. C'est exactement comme ça que tu dois être pour qu'elle te corresponde. Bonne chance, mon ami."

"Merci. J'en aurai besoin."

Je redresse les épaules, je m'assois devant mon ordinateur portable et j'attends que l'appel se connecte pour que je puisse rencontrer Miss May.

CHAPITRE 3

Shane

Je tambourine mes doigts contre le dessus cicatrisé du bureau de mon bureau de fortune en attendant que la connexion merdique que j'ai à la maison ouvre enfin Zoom sur mon ordinateur. La seule raison pour laquelle je déménagerai de cette maison sera à cause de l'horrible Internet que j'ai ici.

Oubliez les services de streaming ou le putain de porno.

Quand il apparaît enfin et commence à se connecter, je soupire. "Allez, allez, allez..." J'encourage la connexion. Finalement, le visage de Miss May, la propriétaire de l'agence Wife for Hire, apparaît. Son sourire est collé, pas un cheveu déplacé, et un maquillage qui semble professionnel et non incrusté. Je réponds à son sourire par un des miens. "Miss May..."

"Salut Shane, comment vas-tu ?"

Je me fiche des plaisanteries, mais je réponds parce que je veux en finir avec ça. "Je vais bien. J'espère que tu vas bien."

Oui, et j'ai de très bonnes nouvelles pour vous."

C'est ce que j'ai voulu entendre dès le premier instant où je l'ai rencontrée. J'attendais qu'elle me dise qu'elle a trouvé quelqu'un. "Je suis tout ouïe."

Elle s'installe sur sa chaise et penche la tête sur le côté. "J'ai trouvé un partenaire pour vous et votre fille. Elle s'appelle Courtney et c'est la femme la plus charmante que j'ai rencontrée."

Je suis sûr qu'elle dit ça à propos de tout le monde. Je n'ai aucun doute que c'est ainsi qu'elle gagne la majeure partie de son argent, et le montant que je lui donne n'est pas minime. "C'est une excellente nouvelle, quand pourrai-je la rencontrer ?" C'est la partie du processus qui me met mal à l'aise. Je dois amener quelqu'un que je ne connais pas dans la maison que je partage avec ma fille. Elle a déjà vécu tellement de changements si tôt dans sa vie, et je ne veux pas être la personne qui lui fait continuellement ça.

Miss May croise les jambes. "Donc, vous vous rencontrerez tous les deux en personne le jour de votre mariage. Vous aurez une réunion Zoom auparavant - la veille de votre mariage. S'il y a absolument quelque chose qui vous dérange l'un chez l'autre, c'est votre dernière chance. pour que l'un ou l'autre de vous se retire."

J'acquiesce, comprenant ce qu'elle dit. "Est-ce qu'elle sera déjà là la veille ?"

"Oui, mais si vous décidez de ne pas vous marier, nous nous occuperons de son retour à la maison. Ce n'est pas quelque chose dont vous devrez vous inquiéter."

C'est un soulagement. C'est la dernière chose dont j'ai besoin sur ma conscience - de savoir qu'une femme est venue ici pour moi et Rachel - et qu'elle est ensuite restée coincée ici parce que nous n'avons pas réussi à nous entendre tous les deux. "Parfait. Quand vais-je la revoir ?"

"Demain, ou est-ce trop tôt pour toi ?"

En faisant le calcul dans ma tête, ça veut dire que je vais me marier dans deux jours. "Le plus tôt sera le mieux. J'ai des gens dans ma vie qui ont besoin que cela se produise."

"Je vous enverrai les détails de la réunion. Elle aura lieu dans un lieu public juste pour la sécurité de tout le monde."

"Compris. Merci, Miss May."

"Le plaisir est pour moi." Elle sourit, et sur ce, elle est partie.

Mon cœur bat la chamade en pensant à ce qui vient de se passer, à ce qui va se passer. "Ai-je perdu mon esprit?" Je ne demande à personne en particulier. Je suppose que nous le saurons, de toute façon je vais me marier, et j'espère que cela rendra la vie plus facile à toutes les personnes impliquées.

"Ou," je murmure. "Cela pourrait être la pire erreur de ma vie."

CHAPITRE 4

15

Courtney

"Mes cheveux ont l'air bien ?" J'interroge Cammie pendant qu'elle me parle sur FaceTime. "Le maquillage n'est pas trop lourd ?" "Vous ressemblez à un million de dollars. Tout ira bien. Vous allez vous y lancer et le tuer. Vous allez être tout ce que cet homme recherche. Miss May ne fait pas d'erreurs."

J'ai entendu ça plus d'une fois depuis que j'ai commencé cette procédure. Je fais de mon mieux pour laisser les choses se dérouler comme elles sont censées se dérouler et ne pas trop me poser de questions, mais je commence à être nerveuse. "Et si j'étais la première ?" Je pince ma lèvre inférieure entre mes dents.

"Ce n'est pas possible. Elle sait ce qu'elle fait. Je ne connais pas un couple qu'elle ait réuni qui soit malheureux. Court, tu dois me faire confiance."

C'est le problème. Je ne fais confiance à personne, pas même à ma meilleure amie. "Si tu le dis." Ma réponse est non comitale et je fais de mon mieux pour ne pas laisser tout cela transparaître sur mon visage.

"Je le fais. Maintenant, vas-y et écrase-les."

"Je le ferai." Je lui fais mon plus beau sourire. "Merci encore. Si tu n'avais pas fait ça avant moi, je ne pense pas que je serais là en ce moment."

Nous nous déconnectons et je prends une profonde inspiration, roulant mes épaules pour essayer de les détendre. Je lèche mes lèvres sèches et je vais chercher quelque chose à boire. Mon téléphone vibre, me rappelant combien de temps il me reste avant d'aller rencontrer cet homme. Je prends le téléphone et consulte les informations tout en sortant une bouteille d'eau du réfrigérateur de l'hôtel.

Shane.

Père célibataire.

Shérif.

Chaud comme un dingue.

J'ai toujours eu un faible pour les hommes qui sont aux commandes et qui ont le contrôle. D'une manière ou d'une autre, Miss May le savait, et elle a fait un carton. Ses yeux sombres sont pleins d'âme, un sourire éclatant s'étale sur son visage et les légères rides au coin de ses yeux. Il est plus âgé que moi, et c'est aussi ce qui m'excite. Elle m'a offert tout ce que j'ai toujours voulu.

Je ne peux plus remettre ça à plus tard, si je veux arriver à temps au parc où nous nous retrouvons, je dois partir maintenant. Je me regarde dans le miroir en pied situé sur le mur de l'hôtel et je me dis un petit discours d'encouragement. « Tu peux le faire, Courtney. Cela va changer ta vie. Peu importe à quel point ce sera difficile, c'est nécessaire. »

Je prends mon sac à main et mon téléphone portable, je sors et marche résolument dans le couloir. Les talons de mes chaussures claquent contre le parquet. Pendant qu'ils le font, j'ai un mantra en tête. Je fais ça pour mon avenir et pour celui de cet enfant. En m'aidant, j'aiderai cette petite famille.

J'arrive à l'ascenseur et je monte dedans en appuyant sur le bouton du rez-de-chaussée.

Avant même de m'en rendre compte, un bip annonce notre arrivée et je sors dans le hall. C'est un hôtel plus agréable que celui dans lequel j'ai l'habitude de séjourner. La plupart de ceux dans lesquels j'ai séjourné auparavant n'ont pas de restaurant et ne proposent qu'un repas continental. Je me dirige vers le stand de l'hôte. « Puis-je vous aider ? » demande le jeune homme qui travaille.

« Oui, je dois rencontrer Shane Colter. »

« Oui, il m'a dit que vous seriez là. Par ici. »

Je suis l'hôte, tenant mes mains devant moi pour les empêcher de trembler. Je le vois dès que je tourne le coin. Il est plus grand que nature, presque comme je le soupçonnais. Ses yeux sombres parcourent mon corps avant qu'un sourire chaleureux ne s'étale sur son visage. Il se lève, tendant la main. « Courtney ? » J'acquiesce en tendant la main.

« Shane ? Enchanté de vous rencontrer. »

L'hôte nous quitte et nous sommes seuls. Mon estomac se serre lorsqu'il s'avance pour tirer ma chaise. « Merci de m'avoir rencontré ici ce soir. Je sais que notre situation est pour le moins peu conventionnelle. C'était important pour moi de vous rencontrer dans un cadre neutre. » Il dit alors que je m'assois et pousse la chaise sous la table.

« J'apprécie cela plus que tu ne le penses. Honnêtement, je ne me suis jamais imaginé être dans ce genre de situation, donc le fait que tu sois prêt à gérer ça avec précaution... » Je m'arrête parce que je n'ai plus de mots.

« C'est pareil pour moi, ce n'est pas comme si j'avais envisagé d'avoir un enfant, encore moins d'être un père célibataire au milieu de la trentaine. »

Le serveur vient prendre notre commande de boissons et d'amuse-gueules. Lorsqu'il commande une bière, je décide qu'il est prudent pour moi de commander un verre de vin. « Je ne bois pas beaucoup. » Je l'assure, mais j'ai vraiment besoin de quelque chose pour me calmer.

« Je comprends, et je ne porte pas de jugement ici. »

Je prends ma première gorgée puis je fais tourner le liquide rouge dans le verre. « Pourquoi ne me racontes-tu pas comment tu es devenu célibataire sans t'en rendre compte ? »

Il soupire lourdement. « C'est une histoire. »

« Ne le sont-ils pas tous ? » Je souris.

"Vous avez raison là-bas." Il prend une gorgée de sa bière, avant de reposer le verre. "Je sortais avec une femme, rien de grave, pour être honnête. Nous passions tous les deux un bon moment. Je n'ai même jamais parlé de ce à quoi ressemblerait une relation entre nous. Nous avons été intimes plusieurs fois avant qu'elle ne me fantôme, et puis je Je n'y ai jamais pensé. Je n'avais pas l'impression que nous avions un quelconque lien, donc cela ne m'a pas dérangé. Il hausse les épaules. "J'ai passé toute ma vie d'adulte sans avoir d'enchevêtrements qui ont duré plus de quelques mois...", s'interrompt-il.

Cet homme a l'air tellement phobique à l'engagement que je n'arrive pas à croire qu'il soit prêt à se marier. Mais là encore, je suppose que lorsque vous serez confronté à la situation dans laquelle il se trouve, vous ferez tout ce qu'il faut. "Jusqu'à celui-ci ?"

"Ouais, jusqu'à celui-ci. J'aime ma fille. Elle est tout pour moi, mais je ne m'attendais pas à elle." Admet-il en passant une main dans ses cheveux. "C'est pourquoi je suis prêt à faire ces changements, pourquoi je dois faire ces changements. Je veux mieux pour elle que ce qu'elle a en ce moment. Veux-tu m'aider ?"

C'est le genre de plaidoyer que j'avais toujours voulu que mon propre père fasse, mais il était encore plus phobique de l'engagement que l'homme assis en face de moi. Nous devons être honnêtes les uns envers les autres. Il ne peut pas penser que je suis prêt à faire ça juste pour lui. J'ai aussi besoin de choses. "Je le suis, mais ce sera un avantage pour nous deux, Shane. J'espère que vous comprenez cela."

"Oui, je ne m'attends pas à ce que vous entriez dans cette affaire et en assumiez toute la responsabilité. Je pense que Miss May m'a beaucoup expliqué sur votre situation, mais j'aimerais aussi l'entendre de votre part."

Je n'avais pas pensé que nous raconterions toute l'histoire de notre vie ici ce soir, mais je suppose qu'il est préférable de la rendre publique avant même de commencer. "Combien de temps as-tu?" Il n'a pas besoin de savoir que je ne plaisante pas.

"Toute la nuit. Je pense que nous nous le devons avant de nous marier, n'est-ce pas ?"

Mon cœur bat contre ma poitrine. Allons-nous vraiment faire ça ? Est-ce la chose la plus folle que j'ai jamais faite ? Probablement. Est-ce que ce sera la chose la plus folle que j'ai jamais faite, probablement pas. "J'ai emménagé avec un homme que je pensais être le bon, et il a fini par me briser le cœur. La plus vieille histoire du livre, n'est-ce pas ?"

"Je ne dirais pas l'histoire la plus ancienne du livre, mais c'est une histoire que nous pouvons presque tous raconter aussi. J'en ai eu une qui s'est enfuie aussi." Il boit une gorgée de sa bière.

"Oh, je suis content qu'il s'en soit sorti." Je tends la main et prends un morceau de pain dans le panier. J'en tords une pincée entre mes doigts. "Quand il est parti, j'ai découvert qu'il m'avait menti sur beaucoup de choses. Des choses qu'il avait promises et qui ne se réaliseraient jamais, et je lui avais fait confiance." Mon Dieu, énumérer tout cela me fait me sentir tellement stupide.

Il soupire. « Je suis désolé que ça t'arrive. Je peux te promettre qu'avec moi tu sauras ce que tu obtiendras. Je ne te tromperai pas, je ne te demanderai pas des choses que tu n'es pas prêt à donner. Tout ce que je te demande, c'est que tu sois là pour Rachel, que tu sois prêt à faire ta vie avec moi, et que nous soyons honnêtes l'un envers l'autre. »

Tout cela semble presque trop beau pour être vrai. Il y a deux ou trois choses que je me demande, et j'ai besoin de la réponse. « Est-ce qu'on partagera une chambre, on fera l'amour, qu'en est-il des obligations financières ? »

Il joint les doigts. « J'aimerais que nous ayons une relation physique. Surtout que pour moi, quand je me marierai, je prévois que ce soit pour toujours. Je m'occuperai de ce dont tu as besoin que je m'occupe financièrement. Tu vivras évidemment avec moi, nous te fournirons un véhicule si tu en as besoin, et j'espère que tu pourras être le principal soignant de Rachel puisque mes horaires sont tellement fous. »

Le serveur arrive avec notre nourriture et nous reculons chacun pour laisser les assiettes être placées sur la table. « Je suis un travailleur indépendant, je peux le faire et j'apprécierai toute l'aide que vous pourrez m'apporter. Je n'ai pas d'assurance maladie pour le moment et cela m'aiderait beaucoup. » Je déteste que nous soyons assis ici à parler de cela comme si c'était une transaction commerciale, mais je suppose que c'est le cas. Du moins, c'est comme ça que ça a commencé.

C'est fait. Es-tu prêt à faire ça avec moi ? »

Prenant une profonde inspiration, je la relâche lentement. « Si tu l'es, je le suis. Pour le meilleur et pour le pire. »

Il tend la main et me serre la main. « Enchanté de vous rencontrer, Mme Colter. »

Je lui adresse un sourire, mais au fond de moi, je sais que j'ai complètement perdu la tête.

CHAPITRE 5

Shane

Le cercle noir mat de titane autour de mon annulaire de la main gauche est discordant. Je le vois à des moments bizarres, comme en ce moment même quand je tape le permis de conduire d'un adolescent qui roule à toute vitesse. Cela fait deux semaines que nous sommes mariés, Courtney et moi. C'est plus facile que je ne le pensais, mais surtout parce que j'ai fait beaucoup d'heures supplémentaires. Le gamin que j'ai arrêté n'a pas d'autres infractions ou mandats d'arrêt. Après avoir écrit l'avertissement, je sors de mon SUV et me dirige vers le côté conducteur.

« Je te donne un avertissement, Teddy, mais tu dois ralentir. La prochaine fois, tu auras une contravention et tu auras des points en moins sur ton permis. Compris ? » J'ai été au lycée avec le père de Teddy, et cela me rappelle à quel point les gens de mon âge sont plus avancés dans la vie.

« Merci, monsieur. Je promets de ralentir. » Il déglutit si difficilement que je peux voir sa pomme d'Adam bouger de haut en bas.

« Assurez-vous de le faire. » Je tape sur sa portière et retourne à mon SUV.

Lorsque je me glisse sur le siège conducteur, je regarde l'horloge. Il me reste cinq minutes avant de pouvoir quitter mon service. Comme je suis à peu près à cette distance de chez moi, je vais dans cette direction, priant pour qu'il n'y ait pas d'appel pour me retenir plus tard que d'habitude. Courtney a vraiment sauvé la situation, et je ne m'attendais pas à ce qu'elle soit dans cette situation lorsque je lui ai demandé de m'épouser, mais jusqu'à présent, nous semblons bien travailler ensemble.

Je conduis lentement, et lorsque je m'arrête dans l'allée, je peux appeler le répartiteur par radio et leur dire de me montrer en dehors du service. En sortant du SUV, je me rends compte que j'ai travaillé presque soixante heures cette semaine. Dieu merci, je suis en congé les trois prochains jours. Non seulement j'ai besoin de temps libre pour récupérer, mais j'ai hâte de passer du temps avec ma nouvelle famille.

Je traîne les fesses en marchant vers la porte arrière. En entrant, je suis assaillie par la meilleure nourriture que j'ai sentie depuis des années. Immédiatement, mon estomac grogne et je ferme les yeux, me balançant sur mes talons. "Qu'est-ce que tu cuisines ? Je veux trois portions, maintenant." Je gémis en regardant Courtney, qui se tient debout devant la cuisinière. Elle rit au

fond de sa gorge. "Du poulet frit, du macaroni au fromage et du pain de maïs. J'avais une envie irrépressible et je savais que je ne serais pas heureuse tant que je ne l'aurais pas mangé. J'espère que tu aimes la nourriture qui fait grossir, nous sommes sur le point de nous en gaver."

"Oui, oui. Je n'en ai pas mangé depuis une éternité, mais je suis prête. Combien de temps me reste-t-il avant qu'il soit temps de manger ?" Elle pose un couvercle sur la casserole. "Vingt minutes, et je peux le garder si vous avez besoin d'un peu plus de temps. Rachel est déjà à terre. »

Je déteste ça. Je rate certaines des plus grandes parties de sa vie parce que je travaille trop. C'est l'une des raisons pour lesquelles j'en suis arrivée à la conclusion que je n'aurais pas d'enfants. Mais je suppose que Dieu vous lance des balles courbes quand vous vous y attendez le moins. Je prends la douche la plus rapide possible et je m'habille avant de me diriger vers la cuisine.

"C'était rapide." Courtney sourit en posant des assiettes sur la table. "Je suis allée de l'avant et je l'ai préparée pour toi."

Je n'ai jamais eu ça avec quelqu'un avec qui j'ai été, et même si je pensais que ce serait bizarre, je suis reconnaissante pour elle. Cela me fait me sentir appréciée et prise en charge, d'une manière que je n'aurais jamais pensé. "Merci, j'apprécie beaucoup ça."

"De rien. J'apprécie à quel point tu travailles dur."

Je prends une bouchée de poulet frit et je jure devant Dieu que mes yeux se roulent dans le dos de ma tête. "C'est la meilleure chose que j'ai mangée depuis des années. S'il te plaît, ne dis pas à ma mère que j'ai dit ça."

Elle rit, tenant sa main devant sa bouche. « Ce sera notre petit secret. »

Quelque chose dans ces mots me réchauffe la poitrine. Je n'ai peut-être pas voulu m'engager, mais j'ai toujours voulu me sentir partie prenante d'une relation, j'ai voulu quelqu'un qui serait mon partenaire, mais je n'ai jamais vraiment su à quoi cela ressemblait. Je commence à avoir une meilleure idée, surtout après les dernières semaines avec Courtney. La routine devient ma meilleure amie, et même si à un moment donné cela m'a fait peur, c'est familier, et j'aime beaucoup ça.

Nous sommes silencieux pendant que nous terminons notre dîner, et quand je m'assois, posant mes mains sur mon ventre, je pousse un soupir satisfait. « C'était vraiment bien. » Elle fredonne un accord au fond de sa gorge. « Je n'ai normalement pas le temps pour ça parce que je rentre très tard, mais est-ce que tu veux aller t'asseoir sur le porche arrière et boire un verre ensemble ? »

Elle roule ses lèvres ensemble, inclinant la tête sur le côté. Nous n'avons pas passé beaucoup de temps ensemble, en ce moment elle dort toujours dans la chambre d'amis. « J'ai du travail à faire, mais nous allons devoir apprendre à être mariés l'un à l'autre. »

« Je ne te garderai pas plus longtemps que nécessaire pour que nous puissions avoir une conversation. Je sais que tu n'as probablement pas beaucoup de travail à faire pendant que tu es ici avec Rachel, toute seule. Je n'aurais jamais pu prévoir que nous ferions des heures supplémentaires comme nous l'avons fait. » Je m'excuse. « Je me sens mal à ce sujet. » «

Ce n'est pas grave, crois-le ou non, je comprends. Je suis sortie avec un ambulancier il y a quelques années. Ma première vraie relation adulte, pourrait-on dire. Ses horaires étaient vraiment mauvais, et nous ne pouvions jamais rien planifier. J'étais souvent seule, et comme j'avais dix-huit ans, cela ne m'attirait pas. À l'époque, je voulais quelqu'un qui puisse sortir tout le temps. » Elle prend nos assiettes et les porte à l'évier.

Je me saisis la poitrine. « Aïe. C'est vrai que tu vas droit au cœur. »

« Je suis honnête. Je dois dire que tout ce que je sais de toi jusqu'à présent me plaît. Tu es un bon père, tu sembles être un bon homme. Je savais dans quoi je m'embarquais quand j'ai accepté de t'épouser. » Elle hausse les épaules. « Mais je suis contente que toi et moi puissions passer du temps ensemble ce soir. C'est comme n'importe quelle autre nouvelle relation, n'est-ce pas ? Nous devons apprendre toutes les choses l'un sur l'autre. »

« C'est ce que nous faisons, et j'ai toujours pensé que la meilleure façon de le faire était de passer du temps sur le porche arrière avec une bière et un feu dans le poêle solo. C'est ce que je préfère, peu importe qu'il fasse chaud ou froid. » Je me lève de la chaise et me dirige vers le réfrigérateur. « Que veux-tu boire ? »

Elle me fait un doux sourire. « Si c'est ce que tu aimes faire, alors j'adorerais passer du temps avec toi comme ça. Est-ce que tu prends habituellement le babyphone pour Rach ? »

Le fait qu'elle ait donné un surnom à ma fille me donne un petit coup de pied dans la poitrine. « Ouais, je m'assure de pouvoir l'entendre. »

« Est-ce que je peux avoir une Corona ? Je crois que j'en ai vu là-bas, ou tu sais, une Griffe Blanche. Je suis plutôt basique. »

Je fouille le fond du réfrigérateur et attrape la Corona, ainsi qu'un citron vert tranché, ainsi que la limonade Lynchburg que j'ai tendance à préférer. « Tu peux prendre le babyphone ? J'ai laissé le surplus sur le chargeur quand je suis allée travailler aujourd'hui. »

« Je le ferai, on se retrouve là-bas. »

Alors qu'elle se retourne, je laisse mon regard parcourir son corps de haut en bas. « Au fait, Courtney. Tu es tout sauf basique. » Avant qu'elle ne puisse dire quoi que ce soit, je me glisse par la porte arrière.

CHAPITRE 6

27

Courtney

Mes joues s'échauffent lorsqu'il prononce ces mots juste assez fort pour que je les entende. Ce n'est pas comme si je n'avais pas remarqué le beau gosse avec qui je vis. Je l'ai probablement trop remarqué. J'essaie de rester éveillée jusqu'à ce qu'il rentre du travail, parce que je me retrouve inquiète qu'il ne le fasse pas. Je m'inquiète non seulement pour Rachel, mais aussi pour moi. Je commence à m'habituer à sa présence dans la maison, même s'il n'est pas là aussi souvent que je le pensais. Quand j'arrive au chargeur, je tends la main et l'attrape. En

l'allumant, je vois la vidéo en noir et blanc de Rachel en train de dormir comme seuls les petits enfants peuvent le faire. Elle est inconsciente de tout ce qui se passe autour d'elle. J'aimerais pouvoir dormir aussi bien qu'elle. Je me tourne vers la porte arrière, je me glisse dehors et rejoins Shane sur le porche arrière. Il a déjà allumé le feu, ma boisson ouverte et est assis à côté de la chaise.

"Elle va bien ?" demande-t-il en se penchant pour attiser le bois brûlant.

"Ouais." Je lui tends le moniteur. « Je suis toujours allongée là où je l'ai couchée. Elle dort si fort. Es-tu comme ça ? » Je suis gênée d'avoir demandé à mon mari comment il dort.

Il prend une gorgée. « Oui, quand je dors, je suis dehors. Il faut quatre alarmes pour me réveiller. Je suis surprise que tu ne les entendes pas. »

« Je les entends. » Je ris. « C'est pourquoi je te pose la question. Je pensais juste que tu en avais peut-être besoin de tant pour être sûre de sortir du lit, pas pour être sûre de te réveiller à l'heure. »

« Oh, j'en ai besoin pour être sûre d'être réveillée. » Il grogne. « Je dors généralement pendant les deux premières, puis je m'endors pendant la suivante. C'est la dernière qui me fait me lever. C'est vraiment triste. »

Nous restons silencieux pendant quelques instants. Je ne me suis pas assise sur ce porche arrière, parce que je ne me sentais pas à l'aise de le faire sans lui. Il y a eu quelques fois où je me suis demandée si j'étais censée comprendre tout ça toute seule. Même si je sais qu'il est occupé avec son travail,

« Je sais, je suis désolé. » Il tend la main derrière sa tête, la manche de sa chemise glissant sur son biceps, dévoilant les tatouages qu'il a. « Je ne m'attendais pas à ce que cela arrive dès que nous nous sommes mariés. Il y a toujours une chance, mais je suis vraiment désolé de t'avoir laissé ici tout seul si longtemps. Je pense que le OT touche à sa fin. J'espère que le reste de la semaine sera à la maison à l'heure, tous les jours. Peut-être que nous pourrons commencer à mieux nous connaître. »

« Peut-être que nous le pourrons. » J'accepte, en prenant une gorgée de ma Corona. « Peut-être que nous pourrions commencer par nous poser quelques questions ? »

Ses yeux brillent de malice. « Tu veux jouer à vingt questions ? »

« Je suis partant si tu l'es. » Même sa réponse est une bonne indication du type d'homme qu'il est.

Mon ex-petit ami aurait pensé que j'essayais de rassembler des informations pour les utiliser contre lui plus tard. Il était toujours méfiant à l'égard de tout. Savoir que Shane est aussi curieux que moi me procure un certain contentement. « Qui commence ? »

« Après toi. » Il lève sa bouteille vers moi. « Les femmes passent toujours en premier, en tout. » Il lève un sourcil.

L'alcool, parce que je ne bois pas beaucoup, a desserré mes lèvres. Je ne suis même pas légèrement gênée quand je demande. « Est-ce que ça inclut la chambre à coucher ? Je n'avais pas ça avant. »

Il s'arrête juste au milieu de porter son verre à ses lèvres. Son gros corps se penche en avant, les coudes posés sur ses genoux. « Surtout dans la chambre à coucher. C'est l'endroit le plus important pour une femme. »

Il fait plus chaud que d'habitude ici, et ça n'a rien à voir avec le feu ou la bière. « C'est bon à savoir. » J'avale difficilement.

« Un jour je te montrerai à coup sûr, tant que tu le souhaites », dit-il d'une voix aussi sombre que la nuit qui nous entoure.

Je ne sais pas quoi dire, alors je roule mes lèvres sèches et je réfléchis à ce que je peux lui demander qui n'augmentera pas la tension entre nous. « Comment as-tu découvert Rachel ? »

Un petit rire s'échappe de sa large poitrine et Shane se penche en arrière dans le fauteuil. Il écarte les jambes, feignant une attitude du genre « je m'en fous ». « C'est vrai. Elle a été laissée sur le pas de la porte avec une note et ses antécédents médicaux, ainsi que ceux de sa mère. Il y avait des documents juridiques indiquant que sa mère avait renoncé à tous ses droits sur elle. »

« Quoi ? » Mon cœur se serre, après avoir passé les dernières semaines avec elle, je ne peux pas imaginer que quelqu'un ne la veuille pas. « C'est l'un des bébés les plus adorables. Je n'arrive pas à y croire. »

"Croyez-le. Cela a été un combat, mais je suis heureux que sa mère sache qu'elle ne pouvait pas le supporter. Je passe une partie de mes journées à traiter avec des gens qui savaient qu'ils ne devraient pas avoir d'enfants, mais qui ont quand même décidé de le faire. Il n'y a rien pire que de voir un enfant mal aimé de ses parents et un parent simplement indifférent. Peu importe si je pensais que j'étais fait pour être père ou si je savais qu'elle serait ma fille, je suis extrêmement heureux de l'avoir. son." Un petit sourire se dessine sur ses lèvres et ses yeux se posent sur les miens. C'est évident qu'il l'aime. "Je sais ce que j'avais avant elle, et je sais ce que je n'avais pas. Rachel a rendu ma vie complète. Vous contribuez à rendre notre vie pleine."

Je ne m'attendais pas à ce qu'on réponde à cette question d'une manière telle qu'elle m'affecterait. "Je pense que tu as aussi fait sa vie. Elle te cherche, tu sais ?"

"Est-ce qu'elle?" Il s'assoit en avant.

"Ouais, quand je te parle, ses yeux vont et viennent. Elle a ce petit regard sur son visage où elle fronce les sourcils. Tu manques à Rachel."

"Elle me manque aussi. Je suis contente des prochains jours, au moins je pourrai rentrer à la maison à l'heure."

Je joue avec le bord de la chemise que je porte. "Je l'attends avec impatience aussi."

"Alors... c'est l'heure de ma question ?" Sa voix est basse et pleine d'intérêt.

Mon cœur bat dans ma poitrine et mon estomac tremble à l'idée de ce qu'il pourrait demander. "C'est vrai. Je m'inquiète de ce que tu vas demander."

Il fouille dans sa poche et en sort une petite cartouche. "Je parie que tu sais que je n'ai pas vapé, hein ?"

Mes yeux s'écarquillent, tout comme ma bouche. "Je n'en avais aucune idée. Qu'est-ce que je ne sais pas d'autre ?"

"Oh, beaucoup, mais c'est quelque chose que je garde secret pour tout le monde." Il en prend une bouffée. "Tu es le seul à savoir ça à mon sujet."

Pour une raison quelconque, cela me fait me sentir plus spécial que tout ce que mes précédents petits amis ont jamais fait. Cela le donne également l'impression d'être bien plus un mauvais garçon que je ne l'imaginais. « Frappez-moi avec votre meilleur coup, adjoint. Qu'est-ce que vous voulez savoir ? »

Il semble y réfléchir plus longtemps que ce qui me met à l'aise, mais quand il parle, je suis surpris par ce qu'il demande. "Qu'est-ce que ça te rapporte ? Pourquoi as-tu décidé d'épouser quelqu'un que tu as rencontré une fois ? Je sais que nous avons en quelque sorte eu cette discussion lors de notre dîner, mais maintenant que tu es ici depuis quelques semaines. Est-ce que tout cela a changé ?"

La question est profonde et réfléchie. Plus réfléchi que je ne l'imaginais, cet homme. " Certaines choses dont je n'avais pas réalisé qu'elles seraient extrêmement importantes pour moi le sont devenues. " Je croise les jambes sous moi et pose mon menton sur mon genou. "Il y a une sécurité et une sûreté avec toi que je n'ai jamais ressenties auparavant. Quand j'étais enfant, je n'avais pas ça avec ma mère, pas de père sur la photo, et je pense que j'ai peut-être recherché cela dans mes premières relations, mais je ne l'ai jamais trouvé. Je l'ai ici. Je n'ai pas peur que l'électricité soit coupée ou qu'il n'y ait pas de nourriture dans le réfrigérateur.

Il prend une gorgée de sa bouteille et me fait un sourire en coin. "Et je te promets que tu n'auras jamais à le faire. Avec moi, tu seras en sécurité et on prendra soin de toi. Putain, je te le promets."

CHAPITRE 7

33

Shane

"Je devrais être à la maison à l'heure ce soir." Je le dis à ma femme le lendemain matin. Elle est debout devant la cuisinière avec Rachel sur la hanche, et ils préparent le petit-déjeuner pour nous tous, moi y compris.

"J'ai hâte d'y être. Nous allons à la bibliothèque pour l'heure du conte cet après-midi. Pendant qu'elle est avec les autres enfants, je vais essayer de faire quelques choses." Elle sort le bacon du micro-ondes, teste la chaleur et le met dans mon assiette. "Mais nous devrions certainement être de retour quand tu seras à la maison."

"Veux-tu que je ramène le dîner à la maison ce soir ? Les ailes te semblent bonnes ?"

Elle fait une double prise, un air surpris sur le visage. "Ouais ? J'adorerais ça, je n'ai jamais autant cuisiné de ma vie."

Je ne peux pas croire que je n'y ai même pas pensé. "Avez-vous cuisiné depuis que vous avez emménagé ? Je ne sais pas pourquoi cela ne m'est jamais venu à l'esprit, mais ce n'est pas le cas. Je n'ai jamais voulu que vous cuisiniez chaque repas. Jésus-Christ, Cour. Je suis désolé."

"Inutile de s'excuser." Elle bouge la tête pour que ses cheveux recouvrent son visage. " Honnêtement, je ne pouvais pas vraiment me permettre d'acheter de la nourriture au restaurant et je ne voulais pas vous demander d'argent. Cependant, j'ai été payé par mon travail quotidien et je peux me le permettre maintenant. J'ai livré quelques livres en freelance. j'ai travaillé hier, donc ça devrait être bien aussi." Sa voix est super brillante, ce qui, d'après mon expérience, signifie qu'elle surcompense pour éviter de s'effondrer.

Je me lève et me dirige vers elle. En tendant la main, je posai ma main sur son épaule. "Je n'ai même pas pensé à t'ajouter à mon compte bancaire et à te donner une carte. Je suis vraiment désolé. C'est probablement la raison pour laquelle je n'ai jamais pensé que je devrais me marier ; je ne vois pas la situation dans son ensemble quand ça vient à des conneries comme ça. Donnez-moi un criminel que j'essaie de lire et je peux vous dire tout ce sur quoi il ment, mais je ne peux pas penser à l'avance que vous aurez besoin d'argent.

Elle tend la main, sa main recouvrant la mienne. Un geste si simple, mais je le ressens comme un zap dans tout mon corps. Des parties qui étaient en sommeil depuis des années se sont réveillées et des choses reviennent en ligne que j'ai dû fermer depuis que je devais m'occuper de Rachel. La façon dont ses yeux s'illuminent, je pense qu'elle le ressent aussi.

"C'est bon. Nous apprenons tous les deux de nouvelles choses, et nous devons tous les deux essayer de comprendre ce dont chacun a besoin. Nous y arriverons ensemble. Nous allons en apprendre davantage l'un sur l'autre pendant des années, le reste de nos vies si nous avons de la chance.

Dans le passé, cette pensée m'aurait fait peur. Maintenant, cela me donne un léger sentiment de paix, car je ne chercherai pas toute ma vie quelque chose que je ne trouverai jamais. "J'aime bien cette idée."

"Vous êtes sûr?" elle lève les sourcils.

"Ouais, je pense que oui. C'est toujours effrayant, ne te méprends pas. Mon point de vue ne va pas changer du jour au lendemain, mais je commence à voir pourquoi les autres apprécieraient ça."

Elle renifle bruyamment, d'une manière plus mignonne qu'autre chose. "Désolé." Un rougissement se fraye un chemin le long de ses joues.

"Non, s'il te plaît, sois toujours toi-même avec moi."

Oh je le ferai." Rachel s'accroche plus haut sur sa hanche. "Je ne connais pas d'autre façon d'être que moi-même."

Elle finit de cuisiner et me sert une assiette. "Merci encore."

"Pas de problème. J'aime savoir que tu commences la journée avec le ventre plein et assez d'énergie."

En creusant, je la regarde s'asseoir en face de moi avec sa propre assiette. Rachel va dans sa chaise haute, les pieds battant. "Elle est tellement excitée d'être dans ce truc."

"Je pense que c'est parce qu'elle voit mieux." Courtney met une main devant sa bouche pendant qu'elle parle. "C'est comme si elle surveillait tout ce qui constitue son royaume."

Un rire se fraye un chemin dans ma gorge. "Si ce n'est pas la vérité. Elle dirige cette maison. C'est comme ça que ça devrait être." Je tends la main et essuie sa bouche où la bave s'écoule. « Est-ce que tu vas baver pendant tout le temps que tu fais tes dents ? Ses pieds donnent des coups tandis que ma voix s'élève avec un ton taquin.

"C'est ce que j'ai entendu dire. Nous avons besoin d'un livre ou quelque chose comme ça." Courtney se moque. "Nous sommes comme des aveugles conduisant des aveugles."

"N'est-ce pas ce que font la plupart des parents ? Il n'existe pas vraiment de guide autre que celui d'apprendre en faisant des erreurs ou en interrogeant d'autres personnes."

"Je suppose que tu as raison." Elle repousse son assiette et s'assoit. "En général, je ne mange pas beaucoup au petit-déjeuner. Je suis rassasié."

En jetant un coup d'œil à mon téléphone portable, je remarque l'heure et prends encore une bouchée. "Ouais, je dois y aller. On se voit ce soir ?"

"Ouais, j'ai hâte d'avoir des ailes." Elle plisse le nez de la manière la plus mignonne.

La façon dont elle me regarde avec enthousiasme fait battre mon cœur d'un cran. Je n'ai pas vraiment réfléchi à la manière dont nous allons apprendre à nous connaître et à interagir au quotidien. Cela a été gênant, probablement parce que nous n'avons pas passé beaucoup de temps ensemble, mais entre hier soir et ce matin, il y a une différence. "Moi non plus." En me dirigeant vers Rachel, je me penche et lui donne un baiser sur la joue. "Au revoir Princesse. A plus tard."

"Soyez prudent, Shane." Dit Courtney en se levant.

Sans réfléchir, je me penche vers elle et dépose un baiser sur sa joue. "Vous aussi, soyez en sécurité." Je recule, déglutissant difficilement parce que ma gorge s'est serrée. "Désolé, c'était une habitude. Cela ne voulait rien dire si tu ne le voulais pas."

Sa langue sort d'entre ses lèvres, ses yeux sombres descendent jusqu'à sa bouche. "C'est bon, nous sommes mariés, n'est-ce pas ?"

C'est vrai, mais nous n'avons pas partagé un baiser depuis notre mariage. "Nous sommes." J'accepte, déposant un autre baiser sur sa joue, parce que le premier me faisait du bien. "À ce soir."

"A bientôt, adjoint."

En partant, ça fait un peu plus mal que d'habitude. Aujourd'hui, je pense plus à Courtney que depuis qu'elle est venue vivre avec nous. Oh, ce n'est pas que je n'ai pas pensé à elle. C'est une autre humaine chez moi, elle porte la bague que j'ai achetée, elle a changé son nom de famille pour le mien. Aujourd'hui, je vais diriger la banque, je l'ajouterai à mon compte bancaire et je lui montrerai à quel point je veux sérieusement partager ma vie avec elle.

C'est vrai que je n'aurais jamais pensé que je serais une personne avec une femme, avec un enfant, avec des attentes autres que celles du lendemain. Tout cela a changé lorsque Rachel s'est présentée à ma porte et que j'ai envoyé un e-mail à Miss May. Pour le meilleur ou pour le pire, c'est ma vie, même si elle est très différente de ce que j'imaginais, je dois admettre que je suis aussi plus heureuse que je ne l'ai été depuis très longtemps.

CHAPITRE 8

Courtney

"Sommes-nous trop en retard pour l'heure du conte ?" J'interroge la dame qui tient le bureau du prêt.

Elle me fait un sourire alors que j'attache Rachel plus loin sur ma hanche. "Pas du tout. Ils sont un peu en retard aujourd'hui, tu devrais être à l'heure."

Le soulagement traverse mon corps. J'ai besoin de ce temps pour travailler, et c'est aussi juste une pause pour m'occuper d'un enfant. Je n'ai pas encore évoqué l'idée d'une garderie avec Shane, mais je pense que ce serait utile pour Rachel. « Comme c'est excitant ? » Je la fais rebondir sur ma hanche et je hausse la voix. "Vous allez pouvoir écouter une belle histoire et vous amuser avec vos amis." Je nous accompagne dans le petit escalier et me dirige vers la zone aménagée pour l'heure du conte. Il y a déjà un groupe d'enfants assis sur le tapis. Déposant Rachel, je recule et lui laisse un moment pour se situer. Comme elle le fait toujours, elle me regarde. "Je serai juste là-bas", je montre la table sur laquelle je préfère travailler. "Et quand l'histoire sera finie, je viendrai te chercher, tu n'as pas à t'inquiéter." Je lui fais un bisou sur la joue.

Elle me regarde avec des yeux qui ressemblent tellement à ceux de son père. Ils sont curieux et pleins d'enthousiasme, brillants lorsqu'elle regarde les gens et les livres autour d'elle. Mettant son poing dans sa bouche, elle le mâche et pousse un bruit excité.

"Ouais." Je souris en essuyant un peu de bave sur son menton. "Tout ira bien."

Je la repose et me dirige vers ma table préférée. Cela me prend quelques minutes, mais je me situe et sors mon ordinateur portable. Une des mamans vient et s'assoit à la même table. "Ça te dérange si je partage avec toi ? C'est le meilleur endroit pour regarder, j'ai du travail à faire aussi."

En réalité, je préférerais être seul, mais je réalise aussi que je dois commencer à vivre dans cette ville. "Bien sûr. J'aurai probablement un écouteur, donc si vous essayez de me parler et que je ne réponds pas, je ne vous ignore pas." "Non, ne t'inquiète pas pour ça, fille. C'est le seul temps libre dont je dispose de la semaine. Mon mari est premier intervenant et travaille de longues heures. Je suis indépendant et c'est ma santé mentale."

Dois-je lui parler de moi ? Une part de moi veut avoir un ami, même s'il n'y en a qu'un dans cette ville. « Mon mari est aussi secouriste et je travaille en freelance. Nous sommes récemment mariés, donc ça a été difficile de comprendre comment nos emplois du temps vont s'articuler. C'était un mariage assez rapide », avoue-je en faisant tournoyer une mèche de cheveux autour de mon doigt, tout en me demandant si je veux être complètement honnête. Je suis consciente que nous serons jugés, mais c'est notre vérité, et peut-être qu'il n'y a aucun sens à mentir à ce sujet.

Oh ouais?" Ses yeux s'illuminent. "Je suis nouveau en ville et je ne connais que quelques personnes. Mon mari et moi avons un enfant de treize mois. Lequel est le vôtre ?"

"Ouais." Je prends une profonde inspiration. "Je suis mariée à Shane Colter. Rachel est notre fille." Je montre où elle est assise sur le tapis. C'est la première fois que je l'appelle auprès de ma fille, vers quelqu'un d'autre que moi-même.

" J'ai entendu parler de votre histoire. Vous a-t-il vraiment trouvé avec une entremetteuse ? Je trouve ça tellement romantique. " Elle couine à mi-chemin. "Il y a quelque chose de tellement sexy à ne pas connaître l'homme avant de l'épouser et à tout apprendre avec une bague au doigt. C'est comme si on coulait ou nageait, et pauvre Rachel. La façon dont sa mère est partie. Je suis tellement contente qu'elle l'ait fait. tu sais."

Je suis bouleversé que cette femme en sache autant sur moi, mais petite ville, grandes gueules. "Au fait, je m'appelle Courtney. C'est un plaisir de vous rencontrer."

"Je ne peux pas croire que je ne t'ai jamais dit mon nom. Je m'appelle Hayley. Je suis mariée à l'officier White - il a le K-9 pour le comté. C'est tellement agréable de vous rencontrer aussi."

Il y a une question que j'ai toujours eue en ce qui concerne les élèves de la maternelle à la 9e année, et je ne peux m'empêcher de la poser maintenant. "Alors, est-ce que vous pouvez tous garder le chien ?"

"Oui." Elle sourit en décrochant son téléphone. Elle le fait glisser sur l'espace entre nous. "C'est Mackie. C'est un berger allemand, et ce qui est le plus gentil, mais il sait quand il est temps d'aller travailler."

C'est une photo du chien avec ce que je suppose être leur fils. Le fils pose sa tête sur le ventre du chien et celui-ci le regarde comme s'il était la personne la plus importante de son monde. "Oh mon Dieu, c'est la chose la plus mignonne que j'ai vue. Est-ce qu'il s'entend bien avec ton fils ?"

"Ouais, personne ne s'approche de lui qu'il ne connaisse. Nous avons de la chance de les avoir tous les deux ensemble. Quoi qu'il en soit, c'est un plaisir de vous rencontrer, j'ai du travail à faire et je suis sûr que vous aussi."

J'acquiesce en ouvrant mon ordinateur portable. "C'est un plaisir de te rencontrer aussi, mais tu as raison." Je lance mon programme, j'allume un podcast et je me concentre sur la tâche à accomplir pendant l'heure suivante. C'est agréable de se perdre dans un projet et de ne pas avoir à se soucier de quoi que ce soit d'autre. Quand je relève la tête, je me rends compte que l'heure du conte est terminée. En retirant mes écouteurs, je les range dans leur étui et sauvegarde mon travail avant de fermer mon ordinateur portable.

"C'est une bonne pause, hein ?" » demande Hayley en mettant ses affaires dans son sac.

"C'est." J'accepte, en portant mon sac sur mon épaule. "Et c'était encore mieux de te rencontrer. Peut-être que je te verrai la semaine prochaine ?" Ce serait tellement bien d'avoir quelqu'un à voir en plus de Shane. Je suis proche de Cammie, mais elle a sa propre famille et nous n'avons pas encore pu nous voir.

"Compte là-dessus.

Elle crie, et je ne peux pas m'empêcher de ressentir exactement la même chose.

CHAPITRE 9

43

Shane

Miracle de tous les miracles, je suis en congé au moment où je suis censé l'être. Il n'y a pas d'appel de fin de service, et je peux pointer. Je fais signe aux gars après avoir branché ma caméra corporelle. "À dans deux jours. Je vais profiter de mes jours de congé."

Je sors de la gare, en montant les marches deux par deux, avec mon portable à l'oreille. Comme promis, j'appelle pour passer cette commande d'ailes de poulet, ainsi que quelques hors-d'œuvre et un plat d'accompagnement assez grand pour nous deux. En trente minutes, j'ai tout ce dont j'ai besoin, et je rentre à la maison. Le téléphone sonne, et je souris lorsque le nom de ma mère apparaît sur la carte d'identité.

"Hé, comment ça va ?" demande-t-elle, la connexion légèrement merdique.

"Plutôt bien. Comment se passent tes vacances ? C'est un peu difficile de t'entendre."

« Ouais, on est dans les montagnes et on traverse le Montana. »

Je reste bouche bée devant la carte d'identité. « Tu es dans le Montana ? Qu'est-il arrivé à la route côtière ? Vous allez tous finir par parcourir tout le pays et moi je suis là à vivre ma vie en travaillant douze heures par jour. »

Elle rit. « Pauvre petite. Tu sais qu'on a fait notre temps. Comment va Rachel ? Comment va la vie de couple ? Je suis désolée qu'on rate quelque chose. »

Roulant des yeux, je souris même si elle ne peut pas le voir. « Non, tu ne l'es pas. Vous profitez tous de votre temps ensemble, ce qui est normal. Vous avez travaillé dur pour ça et vous savez que je vous donne du fil à retordre. Je suis vraiment contente que vous ayez pu faire ça tous les deux. Mais tu me manques et je sais que tu manques aussi à Rachel. »

« Tu n'as toujours pas mentionné comment se passe le mariage. »

Laisse-la faire pour ne pas me laisser me dérober. « Ça se passe. On apprend à se connaître et Rachel l'aime. Que puis-je demander de plus ? » Je fais comme si de rien n'était, mais je sais qu'il y a certainement d'autres choses que je pourrais demander. Je pourrais demander de l'amour, de la passion et de l'amitié. Courtney et moi n'avons pas encore ça, mais je peux sentir une attirance pour elle. Nous pourrions l'avoir, j'en suis sûre. Nous devons juste travailler pour y arriver. J'espère que ce soir sera le début de tout ça.

"Que Rachel l'aime n'est pas la seule chose qui doit se produire, Shane", prévient-elle.

"Je sais, mais c'est par là que nous commençons. Nous trouverons une solution, maman. Nous sommes des adultes", lui rappelle-je, même si je me sens toujours comme une enfant quand elle me pose des questions ou me parle comme ça. "Il y a des choses avec lesquelles nous devons nous sentir à l'aise, et nous le ferons. Pour l'instant, je devrais sortir avec elle, et ensuite nous passerons à autre chose". Ou du moins, j'espère que nous le ferons. Je suis extrêmement attiré par elle, et tout semble être à égalité avec elle. Il n'y a pas eu de surprises pour l'instant, mais là encore, je n'ai pas été à la maison comme je devrais l'être.

Je le ferai. Je t'aime, maman. Dis bonjour à papa. »

« Je le ferai. »

Quand nous raccrochons, je passe mes doigts agacés dans mes cheveux. Je ne sais pas comment elle et moi allons avancer à partir de là où nous en sommes actuellement, mais je sais que nous devons travailler à partir de là et apprendre à nous connaître. Le problème, c'est l'attirance. J'ai peur que ces sentiments prennent le dessus sur nos émotions. En arrivant dans l'allée, je prends la nourriture et me dirige vers l'intérieur. « Je suis à la maison », je crie, en entrant et en fermant la porte arrière.

Elle passe la tête hors de la salle de bain. « Je finis de lui donner son bain. »

« Laisse-moi le faire. Tu viens ici et tu prépares la nourriture, je finirai son bain et je la mettrai au lit. Je l'ai raté. Elle a déjà écrit une nouvelle histoire ? » Je lui fais un petit sourire.

« Non, j'aime toujours ce premier livre de comptines. Tant que tu lis les deux premiers, elle sera prête. »

Elle me passe Rachel. Ma fille me lance un sourire qui me monte jusqu'à la poitrine, serrant mon cœur. « Tu m'as manqué, Rach. Putain, tu as tellement grandi. » Ses yeux dansent, brillants de mille feux tandis qu'elle me regarde. Je suis toujours étonnée que je n'aie rien su d'elle les premiers mois de sa vie, et qu'elle ait fait son chemin si profondément dans la mienne. Je n'aurais jamais pensé que j'aurais ça, et encore moins que j'en serais aussi heureuse. Rachel a changé ma vie, d'une manière que je n'aurais jamais imaginée.

Une fois que j'ai fini de l'habiller et que je me suis assise dans son fauteuil à bascule, j'inspire profondément, j'adore l'odeur du shampoing pour bébé. Elle ne sera pas petite comme ça longtemps, et j'ai désespérément besoin d'en profiter tant que je l'ai. Je balance mes jambes devant moi, je la tiens, j'ouvre le livre et je commence à lire à voix haute.

————

« Est-ce qu'elle dort ? » demande Courtney quand j'entre dans la cuisine une vingtaine de minutes plus tard.

« Elle s'est éteinte comme une lumière. » J'ai mis des vêtements confortables et maintenant, tout ce que je veux faire, c'est me détendre et dîner avec ma femme. C'est toujours bizarre de l'appeler comme ça. "Merci de prendre si bien soin d'elle." Je m'approche et prends un verre, avant d'aller à la table et de m'asseoir.

Elle me suit, un sourire aux lèvres. "Elle est facile à prendre en charge. Je dois admettre que j'étais nerveux quand j'ai réalisé que tu avais un petit bébé, encore plus quand j'ai réalisé que tu cherchais une baby-sitter intégrée." Il y a un ton taquin dans sa voix, ce qui me fait me sentir un peu mieux par rapport à la situation.

« Je ne voulais pas que ça arrive, je te le promets. Je savais que j'aurais besoin d'aide, et oui, ça a été un catalyseur pour moi de rencontrer Mlle May, mais je ne m'attendais pas à ce que tu viennes vivre avec moi et que tu assumes immédiatement ce rôle. Je suis désolée de ne pas avoir pu passer plus de temps avec toi et apprendre à te connaître. » C'est une situation merdique, surtout depuis qu'elle a quitté toute sa vie et qu'elle est venue vivre avec moi. Je l'ai laissée à ses propres moyens et elle a passé presque toutes ses nuits seule avec ma fille pendant que je travaillais. « Je veux vraiment que ça marche pour nous. C'est pourquoi je suis là à l'heure ce soir, pourquoi j'ai apporté de la nourriture, et pourquoi je suis assise à cette table prête à écouter tout ce dont tu veux parler. »

« Je sais. » Elle attrape une peau de pomme de terre et en prend une bouchée. Mâcher est plus réfléchi que d'essayer de la manger. « Nous allons tous les deux devoir travailler là-dessus, pas seulement toi, alors c'est moi qui essaie aussi. Comment s'est passée ta journée ? Que fais-tu pour t'amuser ? »

« Ma journée ? Elle a été plutôt bonne. J'ai fait beaucoup de patrouilles et je n'ai eu à me battre avec personne, donc c'est toujours un plus. Surtout quand je n'ai pas à me battre avec une femme qui ne porte pas de soutien-gorge. Je déteste ça. »

Elle rit bruyamment, mettant sa main sur sa bouche. « Est-ce normal ? »

« Tu n'as aucune idée. Quand les femmes sont saoules, le soutien-gorge tombe et elles sont prêtes à se battre. Que ce soit avec leur mari, le père de leur enfant, leur femme, leur petite amie, leur ami, quelqu'un qu'elles ne connaissent même pas. Je ne comprends pas. J'ai eu la main pleine de seins de soixante à soixante-dix ans bien plus que je ne l'aurais jamais voulu. » Son rire me fait rire avec elle.

« Ça a l'air intéressant. »

« C'est une façon de le dire. Certains jours sont faciles et il ne se passe pas grand-chose. Par exemple, on voit quelqu'un qui a un pneu crevé et qui a besoin d'aide pour le changer. Peut-être que quelqu'un a besoin d'indications et qu'il m'arrête, parce que je suis flic. Ce sont mes jours préférés, où il faut aider au quotidien. C'est là que ça devient plus sérieux... »

Ses yeux s'adoucissent et elle incline la tête sur le côté. « Plus sérieux comment ? Je n'ai jamais fréquenté de policier, je n'en ai jamais connu en fait. »

« Il peut s'agir d'une situation de violence domestique, d'un appel pour maltraitance d'enfant, d'une personne armée, d'un vol, d'un accident mortel. Rien de tout cela n'est vraiment bon, et vous vous présentez à cet appel en sachant que cela pourrait vous changer irrémédiablement. Vous devez vraiment avoir une bonne idée de qui vous êtes, car vous voyez des choses que vous ne pouvez pas dire à beaucoup d'autres personnes. La thérapie est une affaire importante, que vous alliez parler à quelqu'un de ce que vous voyez ou que vous ayez un passe-temps qui vous permette de vous éloigner des pressions du travail. » Je hausse les épaules comme si ce n'était pas un gros problème, mais ça l'est. « Et maintenant, je t'ai toi et Rachel.

Elle traverse la table et prend ma main dans la sienne. "Moi aussi."

CHAPITRE 10

49

Courtney

"Bonjour." Je souris à Rachel le lendemain matin, quand je vais la chercher. C'est un bébé tellement heureux, il ne pleure presque jamais et il me sourit toujours. La réveiller est le moment préféré de ma journée. "As-tu bien dormi?" Je lui pose toujours cette question comme si elle allait pouvoir me répondre.

"Je l'ai fait, mais elle ne pourra peut-être pas te le dire." La voix grave de Shane, douce par le sommeil, dit derrière moi.

Je la relève, la serre fermement contre ma poitrine avant de l'emmener vers sa table à langer. Je la dépose puis me tourne vers Shane. Putain de merde, je n'étais pas préparé. Je ne l'ai jamais vu à son réveil. Je le vois généralement dans la cuisine, lorsqu'il est habillé pour le travail. Depuis que nous nous sommes mariés, il n'a eu que quelques jours de congé, et les autres fois, je l'ai vu déjà habillé pour la journée. Mais ceci ? C'est tout autre chose. Il porte un pantalon de survêtement taille basse qui épouse les os de ses hanches, et pas de chemise. Chaque tatouage qu'il a est exposé et mon Dieu, s'il n'est pas l'un des hommes les plus parfaits. Bronzé avec ces cheveux blonds, il pourrait être surfeur si nous habitions près de la plage. Ses bras sont au-dessus de sa tête, s'accrochant à la porte faisant face, allongeant son corps, montrant ses muscles abdominaux et ses côtes. "Ouais..." Je me racle la gorge. "Je ne sais pas pourquoi je lui demande toujours."

"Êtes-vous d'accord?" Ses sourcils se froncèrent d'un air interrogateur. "Tu as l'air rouge."

"Très bien", je réponds en roulant mes lèvres l'une contre l'autre. "Veux-tu la changer pendant que je commence à prendre le café ? Peut-être que nous pourrions aller faire quelque chose aujourd'hui. Journée de plaisir en famille ?"

"Ouais." Il sourit largement, des dents blanches et droites et une putain de fossette qui ressort. "Ça me semble génial."

Je sors de la pièce comme si j'avais le feu au cul et qu'il attise les flammes. Quand j'arrive à la cuisine, je pose mes paumes sur le plan de travail en granit et je prends une profonde inspiration. C'était facile d'ignorer à quel point il est beau quand il n'est pas là. Maintenant qu'il est là et qu'il envahit l'espace que je me suis si facilement taillé ? Je ne peux pas m'empêcher de le remarquer et de penser à quel point il est sexy.

"Alors, il y a un salon d'artisanat en centre-ville aujourd'hui, tu veux y aller ?" demande-t-il en entrant, tenant Rachel sur sa hanche. Elle a les yeux brillants et regarde autour d'elle. Quand elle me remarque, un sourire mignon se répand sur son visage et elle tend la main vers moi.

"J'adorerais ça. Tu ne veux pas rester avec ton père ?" J'incline la tête sur le côté.

Il me lance un regard que je n'arrive pas vraiment à déchiffrer. "Elle s'est habituée à toi. Ces dernières semaines, tu es pratiquement tout ce qu'elle connaît."

"C'est une enfant", lui ai-je rappelé. « Cela va changer qui elle apprécie et qui elle regarde. Pour l'instant, je lui donne le temps que tu ne peux pas. Cela ne veut pas dire qu'elle t'aime moins. Elle te cherche tout le temps, Shane. » «

Je sais, et j'apprécie ce que tu as fait pour elle. Je n'aurais pas pu demander mieux que toi. »

« Oui, tu aurais pu, mais ne pense pas que je mérite autant d'éloges. Je savais dans quoi je m'embarquais, Shane. C'était une transaction. » Je ne sais pas si je le lui rappelle ou si je me le rappelle à lui. « Je ne dis pas que je ne l'aime pas, je l'aime. Rachel s'est frayé un chemin dans mon cœur d'une manière que je n'avais jamais envisagée auparavant. Je n'avais jamais vraiment pensé à avoir des enfants ou un mari après ce qui est arrivé avec mon dernier petit ami. Peu importe ce qui se passe entre nous, merci de me rappeler qu'il y a de bonnes choses possibles dans les couples. »

Il se gratte la poitrine. « Je ne sais pas si cela me fait me sentir mieux ou non, mais je comprends qu'il y a des sentiments compliqués ici. »

"Il y en a, mais je veux que tu saches que je suis heureuse."

"Je suis heureuse. Je veux que tu sois heureuse."

Et je veux qu'il soit heureux aussi.

———

Nous nous promenons dans le centre-ville quelques heures plus tard, il tient Rachel contre sa poitrine, et j'essaie d'empêcher mon cœur de palpiter en les regardant tous les deux. Ce qui est intéressant dans ce mariage jusqu'à présent, c'est que nous n'avons pas passé beaucoup de temps ensemble. Entre nous deux, nous avons honnêtement vécu deux vies séparées. Le seul dénominateur commun a été le mariage et Rachel. Nous devons trouver quelque chose sur lequel nous sommes tous les deux d'accord et que nous apprécions en plus de ces deux choses.

"Oh, ce truc est tellement cool." Je m'arrête à l'un des stands qui a des fleurs crochetées. "Vous n'avez pas besoin de les arroser, elles ne meurent pas. Je ne peux pas les garder en vie du tout." Je touche le tissu.

"C'est sympa", dit Shane en se tenant derrière moi. "Je n'aurais jamais pensé aux fleurs au crochet."

"Moi non plus." Je les ai déposés. "Nous devrons peut-être revenir ici."

Ensemble, nous continuons à marcher à travers les cabines qui ont été installées. Shane nous arrête après environ une heure. « Je pense que je vais devoir aller changer sa couche. »

Je tends les mains et lui fais signe de venir. « Il y a des chances qu'il n'y ait rien dans les toilettes des hommes, mais il y en aura une dans celles des femmes. On se voit dans quelques minutes. »

« Va avec maman », dit-il en me la tendant. « Oh merde, je suis désolé, je ne voulais pas dire ça. »

Le mot réchauffe un endroit en moi dont je n'avais pas conscience qu'il était froid. « Ce n'est pas grave. Peut-être qu'un jour elle pensera de moi de la même façon. » En marchant vers les toilettes des femmes, je fais de mon mieux pour garder mes émotions sous contrôle.

CHAPITRE 11

53

Shane

Je m'en veux de l'avoir appelée la mère de Rachel. Ce n'est peut-être pas le nom qu'elle voulait donner et je lui ai maintenant donné ce titre sans en avoir pris connaissance. « Déplacement stupide, mec. » J'ai décidé de faire quelque chose auquel je pense depuis que nous avons commencé à marcher ensemble, je vais faire un achat que je sais que j'utiliserai à l'avenir. Je le cache dans le sac que je porte pour Rachel, je choisis un endroit et j'attends.

Alors que je suis dehors, les bras croisés sur la poitrine, je les attends, quand je vois un nouveau membre du département, Phillip White. C'est notre agent K-9 et il a été un excellent ajout. "Hé." Je fais signe vers l'endroit où lui et ce que je suppose être sa femme marchent dans ma direction.

"Hé, comment ça va ?" Ils s'arrêtent devant nous.

"Pas trop mal, je profite juste d'un peu de temps avec la famille puisque nous avons beaucoup travaillé."

"Pas vrai ?" Il passe son bras autour du cou de la femme. "C'est ma femme, Hayley."

"Enchanté de vous rencontrer." Je lui fais un sourire avant de me remettre sur pied. "Bienvenue."

"Merci." Elle me sourit en retour. « J'ai rencontré ta femme l'autre jour. Nous allons à la même bibliothèque pour lire des histoires. Elle est si gentille et ta fille est si mignonne. »

« Merci. Je suis fier de ma famille. » Je suis frappé par la justesse de ces mots. Peu importe comment ce mariage et cette famille ont été créés, j'en suis fier. Je suis vraiment très content que nous ayons réussi à faire en sorte que ça marche. Ce ne sera pas toujours comme ça en ce moment. Nous sommes dans cette phase de politesse, où nous ne voulons pas nous énerver l'un l'autre, mais j'ai le sentiment que si je mets Courtney en colère, elle va me montrer qui elle est.

Hayley, hé, c'est si bon de te voir. » dit Courtney en sortant de la salle de bain, tenant Rachel dans ses bras.

« Toi aussi, est-ce que je te verrai à l'heure du conte la semaine prochaine ? »

J'aime qu'elle ait quelqu'un dans cette ville à qui parler en plus de moi.

« Bien sûr, c'est une heure libre, dont nous avons tous les deux discuté, nous n'avons pas souvent. »

Les présentations sont faites et pendant les quelques minutes qui suivent, nous restons là, à discuter. Rachel devient agitée. Courtney et moi échangeons un regard. « Elle a besoin d'une sieste », lui explique-je. « Nous sommes en plein milieu de sa sieste normale. »

« Je comprends tout à fait. On se voit au travail demain. »

Rachel pleure pendant que nous rentrons à la maison, et Courtney la calme. C'est incroyable de voir à quel point ces deux-là sont devenues proches. Lorsque Rachel a finalement rendu l'âme et s'est endormie, je jette un coup d'œil à ma femme. « C'est sympa que tu aies rencontré Hayley, hein ? »

« Ouais, ma meilleure amie n'habite pas loin d'ici, mais elle a sa propre vie, et nous n'avons pas pu nous rencontrer. J'avais un peu espéré que nous pourrions... » Elle laisse sa pensée s'envoler. « Pour l'instant, j'attends toujours. »

« C'est dur, une fois qu'on intègre un enfant dans le mélange, ce n'est plus aussi facile qu'avant. Il y a tellement de choses qui ont la priorité. Je déteste ça pour toi. » Je serre mes doigts autour du volant.

« Ce n'est pas grave, je suis une adulte. Je peux me faire de nouveaux amis, et ce n'est pas comme si je n'avais pas beaucoup de choses à faire en ce moment. »

J'aimerais pouvoir lui dire que ça va changer, que je n'aurai plus autant besoin d'elle qu'en ce moment pour m'aider avec Rachel, mais je sais que ce sera le cas. Les choses ne vont pas ralentir, la criminalité est toujours là. Nous n'avons pas assez de membres du service pour nous permettre de ne travailler que quatre jours par semaine ou même seulement quarante heures parfois. Comme je ne peux rien y changer, je promets de faire tout mon possible pour qu'elle sache qu'elle est appréciée.

Quand nous arrivons dans l'allée, je me demande ce que je veux dire, et à la fin, je ne dis rien.

————

Plus tard ce soir, comme je suis en congé, nous sommes assis dans le salon, parcourant tous les services de streaming, essayant de décider ce que nous voulons regarder. Nous avons dîné, Rachel est dans sa chambre en train de dormir, et il n'y a que Courtney et moi.

"Merci pour la journée." Elle penche la tête sur le côté, la posant sur mon épaule.

C'est l'une des premières fois que nous nous touchons, et la décharge électrique dans mon ventre est une surprise. C'est une femme magnifique, et la façon dont elle prend soin de moi et de Rachel m'a ouvert les yeux sur des choses qui me manquaient, mais je n'avais pas réalisé à quel point un contact pouvait m'affecter. "Non, merci." Je glisse mon bras autour de son cou. « Cela faisait longtemps que je n'avais pas fait quelque chose comme ça. Je n'aurais pas pu emmener Rachel toute seule.

« Tu peux le faire. Je vois comment tu te comportes avec elle. Tu ne travailleras pas soixante ou soixante-dix heures par semaine pour toujours, tu sais ? Il y aura un moment où elle n'aura plus besoin d'autant d'attention qu'elle en a besoin maintenant. Nous passerons des jours et des nuits ensemble où nous pourrons apprendre à nous connaître comme le font les couples normaux. » Elle enroule son bras autour de ma taille et me serre dans ses bras.

« Tu as raison. Nous devons être patients l'un envers l'autre, et tu sais, je n'ai pas l'intention d'aller nulle part. »

« Moi non plus. » Elle retrousse ses lèvres, soupirant lourdement. « Puis-je te dire quelque chose ? »

Mon cœur bat fort dans ma poitrine alors que le poids de réaliser qu'elle va me faire confiance s'installe. « Tu peux tout me dire. »

« Je t'ai épousé parce que j'ai toujours rêvé de pouvoir vivre heureux comme dans les romans d'amour ou les films de Hallmark. J'ai eu tellement de déceptions dans ma vie et je voulais la sécurité. Je n'ai jamais eu ça avec ma mère, je n'ai jamais vraiment connu mon père, la seule personne sur laquelle je pouvais compter était mon amie, Cammie. J'ai ça avec toi. J'ai une famille intégrée, c'est ce que je voulais aussi. Donc, tout ce que je voulais, tu l'as réalisé, sauf la partie romantique. » Un rougissement se fraye un chemin sur ses joues.

« Aïe. » J'attrape ma poitrine. « Je suppose que la balle est dans mon camp pour ça, hein ? »

« Pour nous deux, mais je suis timide et j'ai vraiment besoin que tu fasses le premier pas. »

Mon regard parcourt son corps, s'arrêtant là où ses seins sont exposés par la coupe basse de sa chemise. « Je reviens tout de suite. J'ai quelque chose juste pour toi. »

Elle hoche la tête, un doux sourire sur le visage.

J'allais garder ça pour plus tard, mais je veux qu'elle sache que je suis prêt à faire le travail. C'est la seule chose qui fera de ce mariage quelque chose. Si nous faisons tous les deux le travail, je vais faire le premier pas qu'elle a demandé.

CHAPITRE 12

58

Courtney

J'ai l'estomac noué en attendant qu'il revienne. Je n'ai absolument aucune idée de ce qu'il prépare, mais il y a une partie de moi prête à tout. La conversation que nous venons d'avoir a été la meilleure jusqu'à présent, parce que j'ai enfin pu laisser sortir ce que je veux de tout cela. Comme il n'était pas là, nous n'avons pas eu de discussions, nous n'avons pas eu le temps de le faire. Mais c'est le début, et nous devons tous commencer quelque part. Quand il revient, il a quelque chose dans le dos. La question est posée par le froncement de mes sourcils au lieu de mots.

"Je t'ai acheté quelque chose aujourd'hui", explique-t-il. « Je t'ai vu les regarder, et le bonheur sur ton visage m'a hypnotisé. Tu fais tellement pour tout le monde, et je voulais faire quelque chose pour toi. Alors, voici un bouquet qui ne meurt pas, peu importe à quel point tu essaies de le tuer.

Je ne sais pas quoi dire. « Oh mon Dieu, Shane. Je ne t'ai pas dit que je les aimais pour que tu me les achètes. »

« Je m'en suis rendu compte à ton sujet, je m'en suis rendu compte dès le premier jour. Tu ne fais rien juste pour que je me sente obligée. J'aime ça chez toi. »

Incapable de m'en empêcher, je me mets sur la pointe des pieds et pose mes lèvres sur les siennes. Sa bouche prend immédiatement le contrôle du baiser, ouvrant mes lèvres contre les siennes. Sa langue envahit et capture, pille et pille comme un pirate en mer. Je lui donne tout. J'ai toujours voulu un homme qui puisse me montrer tout ce qui me manque en même temps, me donner la confiance nécessaire pour prendre ce dont j'ai besoin. Jetant mes bras autour de son cou, je me mets sur la pointe des pieds et m'abandonne à lui. Il enroule sa forte prise autour de ma taille, m'attirant contre son corps tonique.

Arrachant sa bouche de la mienne, il me demande de pencher la tête en arrière et de remonter mon nez jusqu'à mon menton, avant de m'embrasser au point de pouls. Je m'accroche fermement à lui, je m'abandonne à lui, je le laisse tout faire. Je lui permets de me montrer tout ce que j'ai voulu et que je n'ai jamais eu.

Il se penche, prend mes fesses dans ses mains, avant de me tirer dans ses bras. Enroulant mes jambes autour de sa taille, je m'accroche, enfonçant mes ongles dans sa nuque. Mon cœur bat fort et nous devenons rapidement incontrôlables. Il nous emmène sur le canapé, m'allonge et pose son corps sur le mien. "Apprends-moi toutes tes manières." Je lui fais un clin d'œil, lui ouvrant les bras.

"J'adorerais."

Lorsqu'il baisse le menton, les cris bruyants de Rachel retentissent, nous sortant de la brume de passion brûlante dans laquelle nous sommes. En m'asseyant, j'essuie ma bouche, expirant profondément. "Je vais y aller, pendant que tu t'occupes de ça." Je pointe du doigt l'endroit où la preuve de son désir est évidente.

"Ouais", grimace-t-il. "Je vais avoir besoin de quelques minutes."

Je me dirige rapidement vers la chambre de Rachel et passe une main dans mes cheveux. « Salut chérie, je suis là... »

—

« Il t'a acheté un bouquet de fleurs au crochet ? » demande Hayley alors que nous sommes assis dans la bibliothèque, attendant que l'heure du conte commence.

« Oui. Tu penses que je m'y intéresse trop ? Il l'a probablement fait pour être gentil, non ? » Je fronce le nez en réponse à cette question.

« Je n'irais pas tout de suite là-dessus. Je pense qu'il l'a fait parce qu'il le voulait, pas parce qu'il se sentait obligé. Bon sang, j'aimerais que mon mari se soucie suffisamment de moi pour m'acheter un bouquet de fleurs au crochet. » Elle rit. « Je suis sur le point de te poser une question personnelle, et tu peux me dire d'aller te faire foutre si tu veux. Est-ce que toi et Shane avez déjà consommé votre mariage ? C'est un canon. » —

« Il est vraiment canon. Non, pas encore, et nous sommes devenus très proches l'autre soir. » —

« Est-ce que tu attends pour une raison quelconque, ou est-ce que ça n'est tout simplement pas arrivé ? » demande-t-elle.

"Nous n'avons pas attendu de raison. Quand nous nous sommes mariés, il a été très clair sur le fait qu'il voulait avoir une relation physique, mais il a tellement travaillé pendant les quelques semaines où j'étais ici que nous n'avions aucune chance. Maintenant que ils ne font pas d'heures supplémentaires, nous pouvons passer du temps ensemble et apprendre à nous connaître." Je suis enthousiasmé par cette possibilité.

"Alors, es-tu ouvert à avoir une relation physique avec lui pendant que tu construis l'émotionnelle ?" Laissez Hayley entrer dans le vif du sujet.

"Oui, oui, parce que Shane est vraiment sexy. C'est mon mari et j'ai parfaitement le droit de profiter du corps qu'il a sous cet uniforme."

Elle rigole. "Bon sang, c'est vrai. Ils sont tous très sexy sous ces uniformes."

Des mots plus vrais n'ont jamais été prononcés.

————

Je prends Rachel dans mes bras et la tiens au-dessus de ma tête, avant de lui souffler des framboises sur le ventre. Je la mets sur la table à langer, puis je recommence. Elle a commencé à vraiment réagir à beaucoup de stimuli maintenant, surtout quand c'est moi et Shane qui jouons avec elle.

"Où êtes-vous ?" En parlant de Shane.

"Dans la chambre de Rachel. Je la change."

Quand il entre, mon cœur s'accélère comme cela a été le cas ces derniers temps. Il est habillé tout en noir, étant sorti pour effectuer un raid avec l'équipe SWAT. "Ça a été une nuit difficile." Il soupire lourdement. "L'un des gars a dû être transporté à l'hôpital."

Oh mon Dieu. "Mais tu vas bien, n'est-ce pas ?"

"Ouais, je suis rentré à la maison en un seul morceau et je vivrai pour voir un autre jour." » Dit-il, mais il n'y a aucune émotion dans sa voix, et cela me fait plus peur qu'autre chose. "Je vais aller prendre une douche."

"D'accord. Prends le temps dont tu as besoin."

Je me dépêche pour le reste de la routine nocturne de Rachel, sachant qu'avec des vêtements propres, une couche propre et un ventre plein, elle devrait être prête à compter.

CHAPITRE 13

63

Shane,

je suis déjà sous la douche et l'eau chaude coule sur mes épaules douloureuses. La nuit a été longue, rien ne s'est passé comme prévu et nous avons failli perdre un membre de notre équipe. Ce sont des situations comme celle-là qui me rappellent à quel point il serait facile de ne pas rentrer à la maison. Avant, je n'enregistrais même pas que c'était une option, mais maintenant j'ai un enfant, une femme, des gens que je connais à qui je manquerais si quelque chose arrivait.

"Shane, ça va ?" » demande Courtney en entrant dans la salle de bain. "Je suis inquiet."

"Cela arrive parfois." Je parle malgré le bruit de l'eau. "Nous avons passé une nuit difficile et je dois m'en débarrasser. Je dois chasser de mon esprit les images que je vois par la suite."

"Comment tu fais ça ?" Elle demande.

"Mais je peux," j'admets. Je ne suis pas fier que cela signifie parfois dormir avec une connexion pour la nuit, me boire pour dormir ou prendre quelques somnifères pour pouvoir me reposer sans interruption. Je suis tellement plongé dans mes pensées que je ne réalise pas que le rideau de douche s'ouvre jusqu'à ce qu'elle entre.

"Peut-être que je peux t'aider ce soir, Shane."

"Tu ne sais pas ce que tu dis." J'avale brutalement, fermant les yeux pour ne pas la voir.

"Oui, je suis peut-être plus jeune que toi, mais je sais ce que je veux, et ce que je veux, c'est être ce dont tu as besoin. Alors laisse-moi être ça pour toi. Si nous devons nous marier, et je suis tu vas être ta femme, tu dois me dire la réalité. Elle tend la main et prend ma mâchoire dans sa main. "La vie n'est pas toujours belle, il y a des moments laids et il faut montrer le laid."

"Il y a plein de choses moches, mais je veux que tu t'assures que tu peux les gérer avant que je te les donne."

"Je peux gérer tout ce que tu as, Shane."

J'inspire profondément, mes narines se dilatent alors que je descends, l'attrape par les hanches et la tire vers le haut pour que ses jambes passent autour de ma taille. Ses talons s'enfoncent dans le bas de mon dos alors que nous luttons pour acheter notre chair mouillée. Tranquillement, nous nous dirigeons vers ma chambre. C'est un endroit où je n'ai jamais eu de femme auparavant, pas même la mère de Rachel. Je le lui dis. "Assurez-vous simplement que vous voulez être aussi profond avec moi que je le souhaite avec vous."

Elle hoche la tête, ses yeux rencontrant les miens. Je la dépose sur le parquet et j'allume une lampe de chevet. Il projette une douce ombre sur la pièce, nous baignant dans une confortable couverture de secret. Cela me permet de faire ce que je veux et, espérons-le, lui permet de les faire.

En la poussant sur le lit, je couvre son corps avec le mien, faisant glisser mes lèvres le long de son cou et de sa poitrine avant de prendre un mamelon tendu entre mes lèvres. Courtney enfonce ses ongles dans mon dos pendant que je travaille contre son corps. "Qu'aimez-vous?" Je demande en m'éloignant de son sein.

"Je ne sais pas.

Je baisse la tête et prends ses lèvres, écartant ses cuisses avec mes genoux. Je déteste devoir la prendre violemment, mais j'en ai besoin pour m'aider à traverser cette nuit. Je me presse contre elle, ferme les yeux et jette ma tête en arrière, lui permettant d'emporter toute la destruction et la tristesse.

En elle, je trouve le bonheur et l'optimisme. Face à quelque chose de laid, la femme que je n'étais pas sûr de vouloir me montre la beauté de tout cela.

ÉPILOGUE

Courtney

Cela fait un an - une sacrée année - que j'ai rencontré Shane dans ce restaurant d'hôtel. Nous sommes passés de deux personnes qui ne se connaissaient pas à meilleurs amis. Nous sommes désormais partenaires, dans chaque chose. Quand je dois m'occuper d'un projet indépendant, Shane s'assure de pouvoir emmener Rachel. Quand je sais qu'il va devoir travailler très tard, je m'assure de pouvoir assurer la garde des enfants pour Rachel, que ce soit avec moi ou ma belle-mère.

Maintenant, nous avons autre chose à nous soucier, mais Shane ne le sait pas encore, et je sais que ce sera encore mieux puisque c'est l'anniversaire de notre rencontre.

"Chérie, où es-tu ?"

Il y a cette voix grave que j'adore. "Dans la chambre."

"Ah oui ?" Je peux entendre l'intérêt dans sa voix, il vient de déposer Rachel chez sa mère pour que nous puissions passer la nuit ensemble.

"Ouais." Je souris, en pensant à la surprise qu'il va avoir.

Lorsqu'il arrive à la porte, il s'arrête en dérapant. "Regarde-toi." Il se frotte le menton, et je remarque particulièrement l'alliance à son doigt. Elle ne cesse toujours pas de faire battre mon cœur un peu plus vite.

"Ouais, tu aimes ?" Je porte son t-shirt. Quelque chose qui a commencé après notre première fois ensemble.

"Tu sais que je l'aime." Il entre lentement dans la pièce, d'une démarche pleine d'assurance. En s'approchant, il regarde ce que j'ai sur le lit. "Qu'est-ce que c'est ?"

« Un nouveau T-shirt pour Rachel. Je pense que tu vas l'adorer. C'est super mignon. »

Il le ramasse et mon cœur bat fort pendant que j'attends qu'il le lise. Il prononce les mots à voix haute. « Promue grande sœur. »

La pièce est aussi silencieuse que j'attends que ce qu'il vient de dire soit assimilé. J'ai l'impression que cela fait un million d'années, mais quand c'est le cas, il se tourne vers moi, ses yeux brillants. J'acquiesce. « C'est vrai. J'ai huit semaines. »

Il me prend dans ses bras, me faisant tournoyer. « Je suis si heureux, si excité. Comment tout cela se passe pour nous ? Je t'aime tellement. »

Je ris, la serrant fort. « Parce que nous avons pris un risque avec une femme qui sait sérieusement comment associer deux personnes. Tu penses que nous devrions appeler celle-ci May si c'est une fille ? »

Il baisse la tête, prenant mes lèvres avec les siennes. « Ça me semble bien.

Je ne savais pas que c'était ce qui se passerait réellement lorsque j'enverrais un e-mail disant "Je recherche une femme." Et je ne savais pas que cet e-mail allait changer ma vie. "Je t'aime aussi, Shane. Je t'aime aussi. Pour toujours et toujours."

Don't miss out!

Visit the website below and you can sign up to receive emails whenever Dave Kerlson publishes a new book. There's no charge and no obligation.

https://books2read.com/r/B-A-NSFNB-RTHPD

BOOKS 2 READ

Connecting independent readers to independent writers.

Did you love *Femme recherchée*? Then you should read *Le chaton du viking*[1] by Dave Kerlson!

[2]

Le chaton du Viking : Une histoire d'amour inattendue et pleine de surprises

Dans « Le chaton du Viking », Dawn, une jeune étudiante, se retrouve coincée dans le couloir de son immeuble après s'être enfermée dehors. Son voisin sexy, un homme musclé et tatoué, vient à son secours, mais leur rencontre ne se passe pas comme prévu. Dawn, embarrassée par sa tenue légère, est surprise par l'attitude amusée de son voisin. Malgré leurs différences et leurs malentendus, une attraction inattendue naît entre eux.

---

1. https://books2read.com/u/bwAQwY

2. https://books2read.com/u/bwAQwY

Also by Dave Kerlson

Compagnon oublie
Protégé
Te Laisser partie
Chaleur Interdite
Le chaton du viking
Ombres et désir
Le Joker De la Riene
Ne Touchez pas
3 Patrons Robustes et une fille Désemparée
À Court de Loyer
Tentation Dépravée
Beau Cœur
Le Diable
Attendre pour toujours
Au lit Avec l'ennemi
L'interview
La prochaine fois que je tomberai
Sa Reine
Faire semblant d'aimer
Femme recherchée

www.ingramcontent.com/pod-product-compliance
Lightning Source LLC
Chambersburg PA
CBHW052223150726
48002CB00003B/1255